MARAVILLAS

EL TAJ MAHAL

POR MARI BOLTE

CREATIVE EDUCATION • CREATIVE PAPERBACKS

Publicado por Creative Education y Creative Paperbacks
P.O. Box 227, Mankato, Minnesota 56002
Creative Education y Creative Paperbacks
son marcas editoriales de Creative Company
www.thecreativecompany.us

Diseño de The Design Lab
Dirección de arte de Graham Morgan
Editado de Jill Kalz
Traducción de TRAVOD, www.travod.com

Fotografías de Dreamstime (Nerthuz), Getty (Adrian Pope, IVANVIEITO),
nullplus, Pexels (Abdul Raheem, Its Yashu, Nav Photography, Riccardo
Falconi, Yogendra Singh), Unsplash (sachin chauhan, srinivas kandukuri,
Syed Fahad, VICTOR CHARLIE), Wikimedia Commons (Kevin Doncaster)

Library of Congress Cataloging-in-Publication
Names: Bolte, Mari, author. | Bolte, Mari. Taj Mahal.
Title: El Taj Mahal / Mari Bolte.
Other titles: Taj Mahal. Spanish
Description: Mankato, Minnesota : Creative Education, Creative Paperbacks,
 [2025] | Series: Maravillas asombrosas | Includes index. | Audience:
 Ages 6–9 | Audience: Grades 2–3 | Summary: "Translated into North
 American Spanish, an elementary-level introduction to the Taj Mahal,
 covering how, when, and why India's famous wonder was built. Includes
 captions, on-page definitions, and an index"—Provided by publisher.
Identifiers: LCCN 2023045341 (print) | LCCN 2023045342 (ebook) |
 ISBN 9798889891130 (library binding) | ISBN 9781682775363
 (paperback) | ISBN 9798889891437 (ebook)
Subjects: LCSH: Taj Mahal (Agra, India)—Juvenile literature. |
 Mausoleums—India—Agra—Juvenile literature. | Agra (India)—Buildings,
 structures, etc.—Juvenile literature.
Classification: LCC DS486.A3 B6518 2025 (print) | LCC DS486.A3
 (ebook) | DDC 954/.2—dc23/eng/20231206

Impreso en China

Índice

La construcción del Taj Mahal costó alrededor de mil millones de dólares.

El Taj Mahal es

un sitio famoso en India. Este enorme monumento blanco tiene casi 400 años de antigüedad. Es un regalo de amor de un rey para su reina. Su nombre significa "Palacio de la corona".

monumento estructura construida para recordar a una persona o evento

El clima y la hora del día afectan el aspecto del Taj Mahal.

El Taj Mahal se

encuentra en el norte de India. Está en la ciudad de Agra, junto al río Yamuna. El brillante edificio blanco se refleja en el agua. Su piedra parece cambiar de color según la luz.

refleja devuelve una imagen en espejo

Hasta 50 000 personas visitan el Taj Mahal todos los días.

Agra era la capital del imperio indio a principios del siglo XVII. Esos años fueron tiempos de paz. La gente valoraba el arte. Valoraba la cultura. Profesaban religiones distintos y practicaban su culto con libertad.

imperio   un área gobernada o controlada por una persona o un grupo

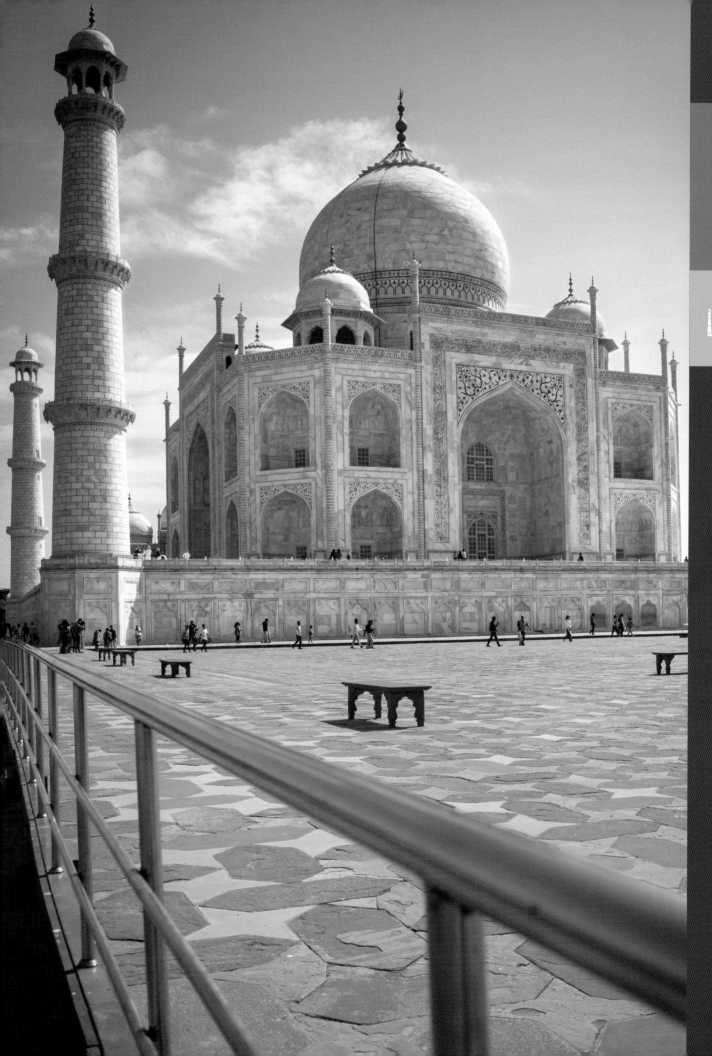

El sah Jahan se convirtió en soberano en 1628. Unos años después, su esposa favorita, Mumtaz Mahal, murió. El sah quería que su esposa tuviera un monumento tan hermoso como ella. Lo construirían sobre su última morada.

*La belleza de una mujer
inspiró el aspecto del
Taj Mahal.*

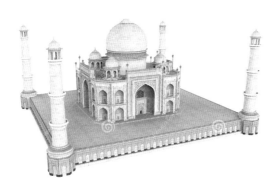

El Taj Mahal está lleno de mampostería fina.

El diseño para el Taj Mahal surgió de un equipo de casi 40 arquitectos. La construcción se inició en 1632. Miles de personas trabajaron en ella. Algunos cortaban piedra. Otros construían las paredes, los domos y los pasillos. Otros más cavaban pozos o pintaban.

arquitectos personas que planean, diseñan y guían la construcción de un edificio u otra estructura

La mayoría de los

edificios de esa época estaban hechos de arenisca roja. Pero el sah quería que el Taj Mahal fuera blanco. Alrededor de 1000 elefantes transportaron enormes bloques de mármol. Cada bloque pesaba 2 toneladas (1.8 toneladas métricas).

Parte del mármol del Taj Mahal provino de 200 millas (322 kilómetros) de distancia.

El edificio principal se concluyó en 1638. Tomó cinco años más concluir los demás edificios. Las piedras preciosas y otras decoraciones se añadieron hasta 1647. En total, el Taj Mahal ocupa casi 67 millas cuadradas (174 kilómetros cuadrados).

La mezquita de arenisca roja, o casa de oración musulmana, está a un lado del Taj Mahal.

Las torres se inclinan
ligeramente hacia
afuera del Taj Mahal.

El Taj Mahal

es casi perfectamente simétrico. Cuatro

torres altas se erigen en cada una de las

esquinas del edificio principal. El jardín está

dividido en cuatro cuadrados iguales. Una

larga alberca refleja la imagen del Taj Mahal.

simétrico equilibrado

El Taj Mahal

es un regalo de amor. Pero también es una celebración del arte y los artistas. Es un ejemplo de las grandes cosas que las personas pueden lograr cuando trabajan en conjunto.

El sah dijo que la belleza del Taj Mahal hacía llorar al sol y a la luna.

Maravilla destacada: tumba para dos

Algunas personas

creen que el sah Jahan quería construir su propio Taj Mahal al otro lado del río. Habría estado hecho de mármol negro. Pero no sucedió. Cuando el sah murió en 1666, fue enterrado junto a su esposa Mumtaz. Quienes visitan el Taj Mahal pueden ver las tumbas de la pareja en el interior del edificio principal. Los restos de la pareja real yacen un piso más abajo. Allí descansan juntos en paz.

Índice
alfabético